炎夏

Zuika Yuune

夕雨音瑞華句集

ふらんす堂

序

三十歳代までの鷹会員で構成する鷹新人会の中でも瑞華さんはキャリアの長い一人だ。鷹入会は二〇〇四年の夏、藤田湘子選の時代である。その時、瑞華さんは二十一歳。編集長だった私の目にも、その年齢はまぶしかった。けれども、いつまで続けてくれるのか半信半疑でもあった。瑞華さんは祖母の越智光子さんに勧められて鷹で俳句を始めたのだったが、そのようなケースの多くが長続きしないことを経験的に感じていたからである。その予想が見事に外れたことを、今は何よりうれしく思う。

トラックに行く手はばまれ秋の蝶
甕に穂芒町家風なる喫茶店
朝寒や暗緑色の橄欖油

これらは一年足らずに終った湘子選時代の作品として大切にしたい。その後の瑞華さんの俳句の展開を見れば習作の域を出ないが、目に映るものすべてが俳句になる楽しさを感じ始めていることは静かに伝わる。

湘子の後を継いだ私の選の下で、瑞華さんはやがて鮮烈な個性を発揮するようになった。松山に暮らす瑞華さんに会える機会は少ないが、鷹新人会のメール句会の常連メンバーとして、空振りを恐れぬ力強い作品を見せてくれる。鷹の新年句会と翌日の新人会吟行には、瑞華さんは欠かさず上京して参加する。鷹以外の若手もゲストに招くその吟行で得る刺激が、その年一年の瑞華さんの活力になる。聞けば上京の都度しばらく滞在し、イベントに散策に買物にと東京を旺盛に消化して帰るらしい。そうした経験を間もなく人生の半分を占めるほどに重ねたことが、瑞華さんと俳句を切っても切れない仲にしたのだろう。

その瑞華さんの待望の第一句集がこの『炎夏』である。収録する作品選びを私も手伝ったのだが、校正刷が届いて驚いた。作品の制作順がすっかり解体され、四章からなる句集に再構成されていたのである。瑞華さんのその意気込みを汲んで、私が眺めてきた瑞華さんの成長の軌跡を追うことはあえてせず、あらためて一読者としてこの句集の作品世界に向き合ってみたい。

アーモンド咲いて騙し絵から少女
足首にユニセックスの香水を
秋暑しクラクション鳴る路上カフェ
ムカつく日鯛焼頭から食えり

晩春の雲に乗りたし縋りたし

最初の章である「#1」には、地方都市に生きる一人の少女の視点が仮構されている。先ほど述べたように制作時期はさまざまだが、この少女には瑞華さん自身がたっぷり投影されているに違いない。春に始まり季節が一巡りして春で終る構成もこの章の青春俳句にふさわしい。

騙し絵から現れた少女は、この章の主人公であり、瑞華さんの分身でもあろう。ユニセックスの香水で背伸びをし、路上カフェに向けてクラクションを鳴らす不良少年に振り返る。ムカつく日には鯛焼をやけ食いし、流れる雲を見れば自分をどこか遠くに連れて行ってくれまいかと縋りつきたくなる。

破壊的快感放つ炎夏かな
ぶっ通しの愛を背高泡立草
一月や狂気は黄色真っ黄色
濁流に白詰草の花飾り
明日はまだ足踏みのまま秋隣

次の「#2」は夏に始まり、季節が一巡して夏で終る。前章の少女が成長し、狂おしいばかりに若さを沸騰させる。「破壊的快感放つ炎夏かな」を初めて見たときには頭がくらくらした。およそ写生的な要素がなく、ただ激しい衝動だけをぶちまけたようでありながら、すがすがしいまでに俳句として立っている。「ぶっ通しの愛」「狂気は黄色」と、怖いもの知らずで突っ走る俳句は、およそ瑞華さんしか作りそうにない。激しい季節はやがて過ぎ去る。濁流に流される白詰草の花飾りの喪失感は美しく、人生の次のステージが訪れるであろう足踏みの明日を待ちわびる。

オムレツの卵を選ぶ今朝の秋
ミカン箱積まれし島の支所寒し
晩春のとどのつまりは誰も居ぬ
色褪せた航空券と扇風機
真夜中のラジオ掠れる雨月かな

#1、#2と息せき切って駆け抜けた作品は、「#404」で転調を見せる。生まれ育った町で人生を内省する気分が濃い。秋に始まり秋に終る配列もその印

象を強めている。

卵の見た目に違いはないのに、そこから今日一日にふさわしい一個を選んでみる。何気ない日常の一場面でありながら、どこか生き方の寓意のようでもある。ミカン箱の積まれた眺めは生まれ育った土地そのものなのだ。続く三句には孤独感、閉塞感が漂う。

アパートの明るき名前冬の草
囀や二人サイズの家具家電
帰る場所夕立の中に濡れそぼつ
長月や派手な鞄と飛行場
シャワーカーテンわしゃわしゃ洗う春近し
寒明けてまずカレー屋で喋ろうか

終章の「#∞」は冬から始まる。この章の主人公は、結婚を経験した瑞華さんの今に近い存在だろう。「明るき名前」のアパートと言われると、幸福荘、希望荘といった昭和の匂いのする築古物件が頭に浮かぶ。愁いを帯びながらも明るさを志向する毎日が穏やかに続く。この章は冬で終えず、寒明の句で締め括ったところが心憎い。これから始まる春に心を開いて終るのだ。それがまた「カレー屋で喋ろうか」と片肘張らない感じなのが何だかとても好もしい。

この句集の一句一句は瑞華さんが自分自身の人生の時間の中で紡いできたものだが、この句集に構成された作品世界はフィクションであって私小説ではない。ある時は作者の分身として、またある時は作者に伴走されながら、主人公は四つの章を通じて成長する。そして、この句集を読み終えて現れるのは、その主人公を見守る一人の俳人として成長した瑞華さんの凜々しい立ち姿だ。

令和三年十二月

小川軽舟

炎夏
＊
目次

序・小川軽舟

炎夏

Zuika Yuune

夕雨音瑞華句集

ふらんす堂

#1

雲隠れしたき少女へ東風吹けり

初蝶は土の匂いを慕いゆく

春月と並ぶ木星窓に独り

三月の雨に打たれる滑り台

ポップコーンワゴン明るし春の風

ロッカーに磁石そのまま卒業す

指切を無言で交す春夕焼

不機嫌な心臓があり桃の花

桜とか数えきれない謝罪とか

春潮や時計外せば今ひとり

アーモンド咲いて騙し絵から少女

願い事なんてちっぽけヒヤシンス

リビングに浅き眠りや春の風邪

クレソンを摘む少年の指白き

コメディーと天ぷらうどん春の昼

春暑しストロー太きスムージー

葉桜や外階段を駆け下りる

城山に風のぶつかり夏燕

初めての夏の日の恋荒削り

新緑の動物園に雲の影

六月の古書の匂いの下宿かな

黒板の相合傘や金魚鉢

足首にユニセックスの香水を
ローライズデニムの少女水を打つ

地下街の狭き匂いや半夏生

炎天の応援席は咆哮す

市電からどっと人出る暑さかな

真っ青に滾る夏空夏の海

夏蝶はいつも届かぬところにいる

風鈴は慰める音ママはどこ

風鈴やメニュー黄ばみし町中華

公園の時計の影に蟻の列

清純さよそおう才女夏の暮

着ぐるみのトラが手をふる極暑かな

向日葵に襲われる夢襲う夢

放課後に蹴り上げた椅子夏深し

初恋はジャングルジムにみた花火

七夕や笹に結ばぬ願事

秋暑しクラクション鳴る路上カフェ

ロボットに恋する少女秋蛍

糸瓜忌や知らない言葉使いたし

秋空に小さなブーケ小さな願い

秋気澄み寮生の声反響す

椋鳥や駅に観光案内所

トラックに行く手はばまれ秋の蝶

やりきれぬ歌口遊む月の道

月満ちて眼球青き少女のドール
満月の夜少年は発芽する

ボードゲームぱたりと閉じて無月かな

霜降の光差し込むバイオリン

背伸びして爪先立ちて冬隣

紅葉且つ散る戻れない朝が来る

希望にも擡げる暗さ火の恋し

少年が少年を知る落葉焚

釣り舟とコンビナートと夕時雨

コンビニの跡にコンビニ日短

巻末の星占や神の旅

凩や真夜中に鳴く鳩時計

坂道で生まれた恋や冬紅葉

寒月やカメラの並ぶガラス棚

双子座の流星群や冬帽子

しょげ返る背にクリスマスソング鳴る

狐火や少年は爪噛んでいる

雨寒し入浴剤の色蒼く

寒灯や太宰好いたり嫌ったり

ペン止まる試験前夜の寒さかな

ムカつく日鯛焼頭から食えり

一人抜け二人抜け今冬青空

折畳自転車談義春隣

ものの芽やすっと踏み出せない明日

若草や袴のすそを軽く持ち
ぬかるみに負けじと歩く春の星

パンジーが好きな良い子の自分なり

鳥雲に喧騒のなきニュータウン

チューリップ予定調和の整列か

春の夢雑音にかき消されけり

晩春の雲に乗りたし縋りたし

ぶらんこや天上蹴って乙女飛ぶ

#2

決断はシンプルであれ明日立夏

衿元のブローチ五色夏に入る

脳内に狂詩曲鳴る青嵐

目を閉じて助手席にあり走り梅雨

青桐の影に救われたき男

浜風に揺れる執着桜桃忌

終電に渋々乗りぬひでり星

遊郭の映画の中の金魚かな

ショッピングモールの端の金魚売
誰の背を追っているのか夏炎ゆる

ポケットにリップ一本熱帯夜
夜濯ぎのワンピースまた明日も着る

日焼肌スマホなき夜を持て余す

炎天やいっそ全裸になる勇気

破壊的快感放つ炎夏かな

ライブ会場Tシャツ破れ夏の果

階段を登った先の遠花火

路面電車傾ぎて曲がる秋暑し

天の川部屋着のままに見送りぬ

例外の例外の恋つくつくし

ぶっ通しの愛を背高泡立草

燃えさかる炎の音や太閤忌

粗熱の冷めぬ恋なり桐一葉

名ばかりの反省会や乱れ萩

餃子焼く油の音や鱗雲

ねっとりと夜の更けたり大南瓜

褒められて怒る女や薄紅葉

漆黒の髪振りほどき冬支度

泣きながら食べるカレーや長き夜

星月夜注ぐワインの鈍き赤

キッチンのシンク一拭きうそ寒し

立方体に悲鳴を詰めて冬に入る

泣けば天国ここは現実落葉焚

翻身の靴音高し神渡

初霜や細き腕してロック歌手

鉄筋と夜明のにおい頬寒し

冬の月バニーガールは疾走す

砕かれしファッションビルや冬夕焼

風冷たしフェイクレザーにフェイクファー
肩借りてロングブーツのまだ脱げず

タロットの愚者が笑えり冬の雷

凍星や彼女の嘘と洗濯機

眠られぬ鏡にうつり星座凍つ

一月や狂気は黄色真っ黄色

暴虐な情火のごとき寒茜

指切に熱る指や冬かもめ

寒椿強き女の血を欲す

如月ややがて面影すら忘れ

春めいて女絵画になりにゆく

パンジーにあぶりだされる孤独かな

加速する頁の先の鳥の恋

君の来る五分が待てず花李

濁流に白詰草の花飾り

もういいかいと何度も叫ぶ遅日かな

明日朝が来なければとか蜷の道

夕暮の実家の簞笥蝶の影

たんぽぽやこの眼は何度夢を見る

アトリエにフルーツサンド春暑し

おおぞらにタクト一振り初つばめ

野薊や戦うように恋をして

聖五月とても優しい不公平

麦秋やバター染みこむパンケーキ

愛されてかつては多忙だった夏
夏の闇肌にじっとり迫り来る

どしゃぶりのビニール傘や桜桃忌

夏の川有象無象をひた流す

明るい話明るい自慢花莫蓙に
香水の匂いけだるしうわの空

泣く女喚く女やアイスティー

トマト切る冷製パスタ二人前

潮香る訪問客と西日かな

曖昧な嫉妬の行方夏深し

執拗に炎気浴びせよ執拗に

黒揚羽愛に死角のありにけり

眉滲むメイク落としや星涼し

八月はどすんと石頭になりぬ

勝組と叫んでみたし夏の果

明日はまだ足踏みのまま秋隣

#404

オムレツの卵を選ぶ今朝の秋

螻蛄鳴くや旅の最初の町にいる

秋風や港に近き美術展

一葉落つ白い首輪と白い檻

かなかなや金借りる日の眼の動き

いつかとは来ない日のことネクタリン

沈黙は曖昧な愛星月夜

秋の海冷めたポテトと挽歌あり

弱虫のままに生きるよ小浜菊

甕に穂芒町家風なる喫茶店

朝寒や暗緑色の橄欖油

鶲鳴く野営地に射す朝日かな

無患子や銅像ずっとそこに居る

造船の町のクレーン夜寒かな

晩秋や釦おろおろ縫うており

雑巾を絞る手白く冬支度

霧月夜国道閉鎖しておりぬ

しぐれふる海の神社の千羽鶴

新妻のドイツ料理に湯ざめかな

転職に悩める肩や枯桜

ふるさとは無色透明冬の蜂

初雪や今日は近くの洋食屋

リビングの憂き静けさや大晦日

凍雲や取りに戻りし腕時計

瓶底の白い結晶冬ざる
息白し海の向こうの爆撃機

ざりざりとペーパーナイフ冬の雨

廃校の冷たき土に触れにけり

ミカン箱積まれし島の支所寒し

雪雲や昼のさびしき雑居ビル

電子書籍の明かりぽかんと雪の夜

雪降れば違う人生思いけり

冬すみれ管制塔の影静か

こまごまと花屋のバケツ春隣

Wi-Fiの飛ぶ公園や寒すずめ

春立ちてニューヨーカーに憧れる

如月や東京ばな奈仏壇に

北欧の若手作家の椅子に蝶

紅玉をはめしロザリオ春の宵

蛙鳴く夜の食卓の寂しさよ

薺咲き小舟は村に戻りけり

春雨や有人島と無人島

鉢植の多き借家や夕雲雀

話題変え変えては戻り夕桜

制服を替えたパンジーなら捨てた

亀鳴くや女ふたりの天麩羅屋

晩春のとどのつまりは誰も居ぬ

花は葉に並行世界なれど雨

この町を離れてみたし夏柳

留守宅に響く呼鈴梅雨に入る

古の占星術や沙羅の花

夕立や一人で入る映画館

現地集合現地解散巴里祭

白百合のうなじに触れていたりけり

色褪せた航空券と扇風機

空蟬や観客の無い茶番劇

寝て起きてまた海にいてスコール来

馬の背を挟む太腿汗ばみて

寡黙なる背中汗ばむ防波堤
流竄のごとく沖へと夏帽子

パンドラの箱は錆び付く夏の海

仄暗き木魚の割れ目飯饐える

ファミレスの時々しんと熱帯夜

夏の果オルゴールより古き曲

朝顔やそれぞれ違うパンを食う

新秋のパイプオルガン響きけり

糸瓜垂れ真面目な人の武勇伝

秋の昼伏せた雑誌とオムライス

秋霖や銭湯八百屋印鑑屋

群衆の途絶え再び荻の声

真夜中のラジオ掠れる雨月かな

約束の木犀の下やきもきす

オニオンスープ温めて待つ秋の夜

秋冷やジャズを流せる美容室

教会の裏人知れず秋日さす

犬吼える暗き湖畔の小菊かな

鳴来る在位短き王の墓

穭田や訓練飛行三機ゆく

晩秋やコーヒーポット温める

天高く目標高き瞳かな

#∞

小春日やキッチンにある広辞苑

絵手紙のおおきな言葉冬ぬくし

アロエ咲く気難しげで優しげで

アパートの明るき名前冬の草

冬晴や洗濯竿のスニーカー

暮早し工事現場の点滅灯

キャンピングカーとフリマや日つまる

緩やかに高まる拍手冬薔薇

ファンファーレ鳴る大聖樹点灯す

オーブンの丸鶏見詰めクリスマス

早口の機械音声風冴ゆる

寒鴉集まるマンホールの向こう

島々を回るフェリーや冬かもめ

支配欲凍りつきたる冬の滝

ランドリーバッグ両手に冬日向

ベランダにハーブ菜園春間近

平穏な二月すうぷをふうふうと

屋上の扉押し開け寒明ける

春めいて親しみやすい人となる

車なら五分強なり春の草

すかんぽや猫眠りおる島の寺
住み慣れた街にふわりと蓬の香

ランナーのリュックは軽し春の川

春の雨こくりと首を鳴らしけり

春月や髪留外し軽き髪

引越の二トントラック桜まじ

囀や二人サイズの家具家電

鍵括弧うつくしく閉じ夕桜

朝寝してパスタをゆでる日曜日

くんずほぐれつ浅蜊は砂を吐いており

ザクザクと春キャベツ切る朝餉かな

誰も来ぬ朝の冷たしハルジオン

春蟬やゆうぐれ届く荷を待てり

夕暮の雑多な匂い鳥雲に

薔薇芽吹く廃墟に泉湧いており

薔薇香る何でもない午後菓子作る

風薫る開店前のカフェの椅子
古茶香る二人で買ったマグカップ

かるの子のほてほて歩く池の石

みそ汁の葱切る音や走り梅雨

帰る場所夕立の中に濡れそぼつ
家中が夏の匂いを生みだせり

夏雲や離島へ向かうプロペラ機

幸福は何色ですか蟬の殻

炎天や世界の果で対になる

甲板に人さんざめくソーダ水

百日紅溢れるほどに時間はある

石ころに巨石の記憶晩夏光

肉じゃがは甘めに炊くよ秋隣

秋兆す海辺のコインパーキング

ビー玉の影は青しや秋簾

真葛原そっと孤独を持っていく

マニキュアの淡く土産の秋果選る

無花果のジャムくつくつとぐつぐつと

交換の出来ぬ幸せこぼれ萩

何程のしあわせ林檎八等分

ヘリコプターの音遠ざかる秋の風

長月や派手な鞄と飛行場

緊褌の喧嘩神輿や秋高く

秋夕焼誰も知らない色になれ

月明に開演告げる予鈴かな

長き夜の水族館の回遊魚

高速道路見上ぐる皇帝ダリアかな

朝寒や市歌を流して清掃車

ワントーン明るきファンデ冬来たる

初霜やうすきみどりのメロンパン

カフェオレとベッドサイドの冬日かな

寝転びてニットソックスネットフリックス

好きなもの好きと言える日冬青空

ランジェリーショップ煌煌十二月

年新たレシピを留めるマグネット

キッチンに湯気立ちのぼり四方の春

餅ピザも餅グラタンも松の内

四日はやコンビニの混む駅の朝

一月や悲しく笑う眉優し

幸福な終わりそれぞれ蜜柑むく

円になり詩の朗読や寒茜

政局は動く雑炊ふつふつと

シャワーカーテンわしゃわしゃ洗う春近し

寒明けてまずカレー屋で喋ろうか

あとがき

これはあたしの幸福論である。

数年前まで句集を作る気なんてさらさらなかった。しかし二〇二〇年の鷹の新年句会に参加した際には句集作成へ心が動いていた。今回、改めてなぜ作ろうと思ったのかを思い返してみた。今まで青い鳥を探すかのように幸せについての模索が一つの熱でもあった。一生、幸せを模索するものだと思っていた。それがひと段落したのだ。幸せを探すことから次は答え合わせをしようと思ったのだ。節目だったのかもしれない。節目といえば三八歳というのはあたしにとっての区切りでもあった。そうした諸々組み合わさって突如句集への興味関心が湧いたのだ。

実際に動き出してみれば、あっという間であった。題名の『炎夏』は一番先に浮かんだものだ。軽舟主宰に選をお願いし、返ってきた選の第一印象にこの題名は違うかもと思った。その時に浮かんだ題名は実際に句を配列していくうちに、また違うと思った。十周くらいすると迷走しかけ、最後はやっぱり第一印象に戻った。句集を作るとは不思議なものだ。俳句を作ると、句集を作るは表現としてイコールでないことに気づく。

二〇〇四年から二〇二一年五月までの三一六句を収め、時系列を考慮せずに編んだ。下手なことは語らずあとは読み手に委ねたい。

この度は句集作成にあたり、小川軽舟主宰にご多忙の中、選句と序文をいただき誠にありがとうございます。

また、句座をともにする皆様、ふらんす堂の方々に御礼申し上げます。

二〇二二年一月

夕雨音瑞華

著者略歴

夕雨音瑞華（ゆうね・ずいか）

1983年生まれ
2004年　「鷹」入会
2016年　「鷹」新人賞受賞
　　　　「新風」入会

現　在　鷹同人・新風会員・俳人協会会員

句集　炎夏《えんか》

二〇二二年三月一日第一刷
定価＝本体二五〇〇円＋税

●著者――夕雨音瑞華
●発行者――山岡喜美子
●発行所――ふらんす堂
〒一八二―〇〇〇二　東京都調布市仙川町一―一五―三八―二F
TEL〇三・三三二六・九〇六一　FAX〇三・三三二六・六九一九
ホームページ http://furansudo.com/　E-mail info@furansudo.com
●装幀――君嶋真理子
●印刷――創栄図書印刷株式会社
●製本――創栄図書印刷株式会社

ISBN978-4-7814-1426-3 C0092 ¥2500E